자살충

자살충

김성규 신작 시집

K
POET

차례

자살충

POET

첫눈

첫눈이 내리는 날
생일이 언제냐고 나한테 묻는다

어머니 품에서 멀어지면
생일이 없다고
몇 번의 즐거운 생일이
살아가는 데 독이 된다고

이렇게 눈을 맞는 것처럼
고향을 떠나서는
기쁜 날이 언제나 생일이라고

명절

차례상에 음식을 올려놓네
떡국도 한 그릇 올려놓고

절을 하면 산 사람처럼
죽은 사람도 나이를 먹을까

상 위에 사진을 올려놓고
젊은 부부가 절을 하네

불어터진 떡국처럼
어린 자식이 웃고 있네

세월

차례상에 음식을 올려놓네
떡국도 한 그릇 올려놓고

절을 하면 산 사람처럼
죽은 사람도 나이를 먹을까

상 위에 사진을 올려놓고
늙은 부부가 절을 하네

불어터진 떡국처럼
어린 자식이 웃고 있네

어금니를 뺀 날의 저녁

이를 빼고 난 후 혓바닥으로 잇몸을 쓸어본다

말랑말랑하다 물고 있던 거즈를 뱉을 때 피 냄새

살고 죽는 것이 이런 것들로 이루어졌구나

내 살이 가진 말랑함

어린 강아지를 만지듯 잇몸에 손가락을 대본다

한 번도 알지 못하는 감각

살면서 느껴본 적 없는 일들이 일어나서 살 만한 것인가

이빨로 물어뜯는 시대를 살아간 사람들은 말한다

이를 잘 숨기고 필요할 때 끈질기게 물어뜯으라고

이렇게 부드러운 말 속에

피의 비린 맛이 숨어 있다니

그러나 그들은 늘 자신의 것을 놓치지 않는다

이제는 살고도 죽고도 싶지 않은 나이

오늘도 나는 시장에 간다 뺀 이를 다시 사고 싶어

그러나 내 잇몸에 맞는 것은 없고

구름이 핏빛 솜뭉치로 보인다, 라는 구절을 생각해본다

울고 있는 갓난아이와 유모차를 밀며

늙어 죽어가는 노인의 얼굴이 겹쳐진다

먹고 살고 있지만, 또 먹을 것이 있을지

불안 속에서 죽어가야 하다니

시를 쓰던 시간은 지나고

살아 있는 모두에게 경의를 표하고 싶은 밤이다

잇몸으로 고기를 핥으며

오직 뒹굴고 더럽혀져 구걸해야 할 시간이 남았음을 알
고 있기에

자살충

자신의 살을 파먹는 벌레가 있어 어떤 사람은 그 벌레를 애지중지하며 기르지 벌레를 위해 온갖 것을 먹어 벌레에게 품질 좋은 살을 제공하려고, 주인의 목숨이 끊어지는 순간 벌레는 스스로 죽어 그래서 자살충이라 불리지, 충성스런 벌레잖아, 벌레를 위해 술을 마시고 여자의 살을 맛보고, 또 최고의 음식을 찾아다녀, 고급스러운 쾌락을 위해 음악과 책을 섭렵해, 자살충을 한번 키워보면 가난뱅이들까지 벌레에게 미쳐서 지랄하지 자기 한 몸 건사하지 못하는 놈이 자살충을 키우다니……, 그는 날마다 수척해져 그러나 벌레를 버릴 순 없어 자살충만이 그를 사랑하고 이해하지 자살충 동호회에서는 서로의 자살충을 보여주며 그들은 현실을 잊는 거야 그 사람이 죽기 직전 사람들은 애도를 위해 혹은 자신의 건강을 확인하기 위해 몰려들어 최대한 애처로운 눈빛으로 누워 있는 환자를 내려다보지 환자를 보는지 자살충을 보는지는 아무도 모르지만, 그가 죽으면 사람들이 일제히 눈물을 흘려 그런데 사실은 그 벌레를 가지기 위해 아우성치는 거야 정신이 가장 힘을 잃었을 때 살은 부드럽고 기름기 흐르는 연약한 육질로 바뀌지 자살충은 그런 살을 파먹는 것을 좋아해 죽은 자와 마지막 눈동자를 마주치는 순간 자살충은 그 사람의 눈동자로 옮겨가 또 다른 주인의 몸에 기생하며 목숨을 연명하지 잘 생각해봐 쾌락을 만끽하기 위해 사람들은 자살충을 키우는 거야 우리를 갉아먹으며 놈은 점점 비대해져 아무도 그놈을 꺼내 밟아 죽이려 하지 않아 그런데 왜 사람들은 자신의 목숨을 갉아먹는 그 벌레를 그렇게 사랑할까 수많은 자궁에 뿌려놓은 정충보다, 나보다 더 끈질긴 생명력으로 놈은 영원히 살아갈 거야 우리의 살을 파먹으며 자살충은 자살할 기

회를 잃어버려 그래서 자신에게 살을 내주는 주인을 영

원히 저주하며 살지

사랑

상 위에 올려진

케이크를 자르는 생일

양초에 불을 붙이고

자신이 치는

박수 소리에

놀라

웃으며

독신자는 말하네

자신을

사랑하기 위해

무엇보다 힘든 일

자신이 피운 불꽃

스스로

눌러 끄는 일

울고 싶을 때마다

응, 우린 잘 있으니까 걱정 말구
왜 전화하셨어요?

응, 너 바쁘니까 다음에 할 테니까
우린 잘 있으니까
전화할 때마다
무슨 말을 하고 싶은 것 같은데

눈을 감고 누워 생각해보네
늙어가는 아들에게
왜 전화했을까?
건강만 하면 돼

눈 감으면 숨쉬기 힘들어

어머니도 나처럼 전화했을까

올빼미

올빼미 한 마리가 유리창을 들이받고 방으로 날아들어
왔다
　머리를 부딪쳐
　깃을 치며 방바닥에서 피를 흘리고 있다
　거실 한편에서 기르던 토끼가 철망을 들이받는다
　올빼미는 굶주림과 두려움에 지쳐
　토끼와 내 얼굴을 번갈아 쳐다본다

　올빼미의 다리를 붙잡고 날개를 모아 새장 속에 넣는다
　밤마다 잠이 오지 않아 나는 올빼미에게 말을 건다
　너는 어디서 왔니, 너도 죽음이 다가오는 것을 느끼는
구나
　영혼이 쉬고 싶은 곳으로 온 것뿐이야
　올빼미에게 냉장고의 닭 한 마리를 조각내 던져준다

노란 눈으로 나를 노려보며

먹지 않고 사흘을 버티는 올빼미

자리를 비운 사이 올빼미는 고기를 뜯어 먹고 있다

살이 찌며 점점 놈은 일찍 잠들기 시작하고

종일 먹이를 먹는데도 토끼는 말라간다

티브이에서 새소리가 들리자 내 팔뚝을 할퀴고

날아가 토끼장을 발톱으로 쥐고 흔든다

올빼미를 떼어놓았을 때 오줌을 지린 채 토끼는 죽어

있다

너는 아직 죽지 않았구나, 그날부터 나는 올빼미를 감

시한다

불면증에 시달리며 나는 머리를 쥐어뜯고

올빼미야, 자기 살을 씹어 먹는 증상이 불면증이란다

잠이 오지 않는구나, 잠이……

방범창을 열고,

방바닥에 닭 한 마리를 던져놓고 나는 방으로 들어가버

린다

올빼미가 발톱에 고깃덩이를 움켜쥐고 날아간다

거실로 달려 나와 나는 유리창을 들이받으며 팔을 벌린

다

탈출한 올빼미가 둥지로 돌아가

동료들과 사람 냄새를 풍기며 고기를 뜯어 먹을 때

하늘에서 거대한 유리 조각들, 지상으로 쏟아지는 소리

또한, 동료들에게 자기 몸을 뜯어 먹히며 우는 소리

나는 살고 싶다 그런데 왜 너희들은 나를 알아보지 못
하는 거니

뱀을 껴안고 울다

창문을 열어놓고 집을 나간 사이 이불 위에

뱀의 무리가 들어와 엉켜 있다

구겨진 이불 위,

뱀의 알처럼 희고 차가운 종이를,

휘갈기다 만 종이를 배로 비비며

장롱 깊숙한 곳으로 숨어버리는 뱀들

아무도 도시에 출몰한 뱀을 잡아가지 않기에

방문을 닫고 두려움에 떨며 거실에서 잠을 잔다

꿈속에서 뱀의 무리는 창문을 타고 넘어오고

매끄러운 허리로 원고지 위를 기어와

몽정하듯 나는 울기 시작한다

이불을 뒤덮으며 혓바닥으로 내 이름을 부르는 소리

누구의 울음인지도 모를 울음을 울다 잠에서 깨어

지친 나는, 습하고 그늘진 구멍을 찾아가

겨울을 나러 내 방을 찾아온 손님들을 몰래 바라본다

그러나 나는 아무도 읽어주지 않는 글을 써야 하므로

아무도 읽어주지 않는 글을 쓸 수밖에 없으므로

지친 몸으로, 이제 너희들과의 동거를 끝내야 한다

퀭한 눈의 거울 속 한 마리 말라가는 짐승은

거실의 우산대를 들고 뱀들의 허리를 내리찍는다

놈들은 도망갈 새도 없이 죽어 나가고

예비군 훈련장의 화약 냄새를 찾아온 뱀들이

배로 기는 모습을 바라보며 쾌감을 느꼈던가

증오와 체념이 사지를 버리고 독을 만들듯

이미 지나온 계절 동안 나는 굶주렸으므로

숨겨둔 무늬를 드러내며 피부에 소름이 돋고

뻗치는 머리카락

온몸을 떨며 너희들 살이 너덜너덜해질 때까지 내려찍
는다

도시 한가운데 어떻게 이렇게 많은 뱀이 살고 있었을까

남은 잇몸으로 밥알을 씹는 노인처럼

동면을 위해 너와 나는 우연히 같은 장소로 들어왔을
뿐,

그러나 우리에게 또 다른 곳으로 가는 길이 없었고,

오직 죽음의 한길만이 있었으므로

그 길만이 순결하였으므로

진눈깨비, 밤하늘에서 내려오는 희고 차가운 영혼을

보며 나는 쓴다.

　분노와 체념만이 또 다른 땅으로 우리를 인도했고

　지옥의 품에 안겨 감정의 극한을 맛보듯

　너희들이 차지했던 자리에 누워 비릿한 핏물을 느낀다

　눈을 감으면 벌거벗은 여자처럼 내 몸을 파고드는 매끄
러운 살결들

　손바닥으로 얼굴을 가리고 나는 운다

　옷을 벗고, 사지를 벗고, 꿈틀대며 기어다닌다

　문지방을 넘어오는 뱀들의 혓바닥 소리

꽃잠

어미 소는 막 태어난

새끼를 핥고 있었다

먼지처럼 흩어지는

햇빛 속에

꽃밭에

누워

잠에 빠진

송아지

혓바닥으로

핥아주면

마당을 뛰어다니는

바람 속에

구름 아래

누워

일어나지 않는

송아지

혀에서

붉은 꽃 필 때까지

어미 소는

죽은 새끼를

핥고 있었다

아버지 나는 돈이 없어요

오늘은 종일 굶었죠 버스를 타고 광화문을 가는데 어지러웠어요 시간이 없어 난 식은땀을 흘리며 걸었어요 배가 고팠어요 비가 그친 하늘 시퍼런 얼굴을 하고 식은땀이 쏟아지듯 빌딩들이 헉헉거렸어요 어지러워요 어지러워요 글자를 제대로 쓸 수가 없네요 그래도 뭔가를 해야 해요 살려면, 이유는 없어요 목숨은 헐떡이며 노래해요 아버지 나는, 나는, 고무 타는 냄새를 맡으면 배가 고파요 구역질을 참는 게 인생이라고요? 서서 우는 사람 서서 자는 사람 서서 죽는 사람 서서 죽는 사람처럼 나무들은 울어요 입 없이 나는 이렇게 살고 싶지 않아요 누구나 살기 위해서 살아요 다른 모든 것은 거짓이에요 그만하세요 떠올려요 떠올려요 무엇인가 다시는 하고 싶지 않아요 사람을 버리고 싶어요 사람을 버리고 싶다가도, 비난이 두려워 나는 사랑을 버렸죠 용의자처럼, 불안으로 살

아요 불안이 나를 식량으로 만들어요 아직 안 잡혀서, 못
잡혀서 그게 불만이죠 불안이죠 내 남은 손엔 술이 있어
요 불이 있어요 집으로 돌아와요 구역질을 참으며, 속아
주며 빈민가의 불빛은 얼굴을 밝혀요 여기 살아요 벗어
날 수 없죠 보금자리, 잘 아는 친구처럼 웃으며 인정해야
죠 식은땀이 흘러요 약을 먹으니, 기억나지 않네요 어떤
글을 썼는지 그렇지만 종일 굶어서 나는 살았어요 늘 감
사해요 아버지 오늘도, 원망하지 않죠 내가 만들었어요

얼굴

비가 쏟아지고 있었다 대공황의 난민처럼 사람들이 지하철로 몰려들었다 우산을 접고 지하도로 뛰어 내려간다 지하철에서 사내가 임신한 여자의 지갑을 빼내고 있다 모른 척 해야 한다 눈이 마주쳤다 사람들이 고개를 돌렸다 나도 고개를 돌렸다 지하철에서 내렸다 모른 척 해야 한다 문이 닫히고 임신한 여자가 쓰러졌다 옆구리에 칼이 꽂혀 있었다 모른 척 해야 한다 다른 칸으로 걸어가는 사내들이 유리창으로 보였다

출근 시간, 사람들이 인상을 찌푸리며 걸어간다 서둘러 지하도로 나는 걸어갔다 환승역에서 깡패들이 한 사내를 밟고 있다 구둣발에 이겨진 손등 피가 흐른다 모른 척 해야 한다 핏물이 내가 걸어간 발자국을 따라왔다 지하도를 지나 지하철 문틈 사이로 흘러드는 핏물, 내 펼쳐

진 신문지의 글자를 적시며 안경 렌즈에 번지는 핏물

놀라 신문을 덮고 바닥에 신문을 던지고 구둣발로 밟
는다 모른 척 해야 한다 모른 척 해야 한다 살아야 한다,
어떻게 해서든, 누구의 목소리일까 하늘에서 소리가 들
렸다 나는 귀를 막았다 누구의 목소리일까 영등포역에서
내려 다시 우산을 쓰고 걸었다 사창가 여자들이 길거리
를 서성였다

공주들은 빗물에 젖은 옷을 말리고 있었다 유리집이 부
서졌어요 궁전은 쉽게 부서지죠 공주의 손을 붙잡고 부
서진 건물 사이로 군인들이 걸어갔다 새처럼 눈을 깜박
이며, 사방을 두리번거리며, 군인들은 궁전을 지킬 수 없
습니다 오직 총기를, 명령에 따라 다룰 뿐이죠 비둘기가

창가에서 알을 품듯 창녀들은 어린 군인들을 안아주었다
어디선가 뛰어온 경찰이 공주들을 차에 태워갔다 군인은
경찰의 형제들이죠 어린 군인들은 다시 공주를 찾으러 걸
어갔다 핏물이 자동차 바퀴를 뒤따라갔다

　깨진 유리창, 분홍빛 형광등, 피비가 내리는 도시, 버림
받은 공주, 대공황의 홍수, 부서진 왕국, 비를 피하며 우
는 왕자, 천국과 불신 지옥, 칼에 찔린 임신부, 살아남아
야 해요, 핏물 번지는 안경을 쓴 사내, 누구나 살아남아야
할 권리가 있습니다, 얼굴을 밟고 있는 깡패, 다 살려구 하
는 거 아냐 이 새끼야, 젖은 신문지, 살아야, 궁전을 잃은
창녀, 니들이 우릴 이렇게 만든 거 아냐 돈이나 내 씹새들
아, 집이 없는 군인들, 살아남아야 집으로 갈 수 있어요,
지하철에 가득한 목소리들, 비처럼 쏟아지는 목소리들

눈을 감고 귀를 막으며 사람들이 사방을 둘러보았다 모두들 비에 젖은 얼굴로 서로를 바라보고 있었다

심장

그 집은 혁명가들의 집이었지요 신고가 들어오면 수많은 사람이 수갑을 차고 끌려 나갔어요 그때마다 놀라 집이 움츠러들었다 펴졌지요 소리를 질렀어요 시뻘겋게 달아오른 그 집으로 날마다 창녀들이 드나들었어요 술과 웃음소리가 끊이지 않았어요 교성이 끊이지 않았다구요 그 집은 아이들의 집이었어요 소리 지르던 쓰레기 혁명가와 교성을 질러대는 창녀들의 자식이었고 근본 없는 것들의 천국이었어요 그 집은 관료들의 창고였어요 날마다 쓸데없는 이야기가 창고를 가득 채웠고 집이 터질 듯 부풀어 올랐죠 놀란 관료들이 집을 버리고 도망가자 그 집은 도박꾼의 집이고 농부들의 집이고 페미니스트들과 천사들의 집으로 변했죠 그 집이 사그라질 때 수많은 사람이 몰려왔지만 정작 그는 아무 말이 없었어요 그는 말했죠 터지기 직전까지 우리는 달려가야 한다고

두루미

자갈밭에 누워 두 팔을 늘어뜨린

두루미를 보았다

손바닥으로 머리를 들어주어도

고개를 들지 못하고

부리에서 낚싯줄이 새어 나온 두루미

날개가 이슬에 젖어

달아나지 못했다

또한, 달아나서 무엇하랴

손바닥으로 물을 퍼 올려

벌어진 부리 사이 혀에 흘려 넣어준다

눈동자처럼 반짝이는 호수

한 번 삼킨 것이 죄가 되어

죽음으로 갚아야 한다면……

허기져, 몰려드는 구름

어둠이 날개를 펼쳐 감지 못한

두루미의 눈꺼풀을 덮어준다

수배일지

세상으로부터 도망친 지 몇 년이 지나
이제 나를 알아볼 사람은 아무도 없다

우리에게 내일은 필요 없다
오직 오늘만이 있을 뿐

술을 물처럼 마시며
물을 술처럼 마시며

자신을 사랑하지 않는 자
모두 이 자리를 떠나라

내일이 걱정되지 않을 때
모레가 걱정되지 않을 때

지나치면 독이 된다고

그 독으로 나를 쓰고 있지만

그 독이 더 깊어

결국 나는 나를 버린 것이다

내 얼굴을 보고 내가 흠칫 놀라는 밤,

이제 나로부터 자수해야 한다

흰 뱀을 삼키는 검은 뱀

1

교수님, 흰 뱀을 잡았어요 이것을 길러도 될까요?

2

독이 있는 동물을 어떻게 실험실에서 기르겠나 점점 다른 동물로 변해가는 것 같습니다 허물을 벗고 있어요 색깔이 달라질 거예요, 엄청난 논문이 나올 거예요 유리상자를 열 때마다 흰 뱀은 점점 갈색으로 변해갔다 뱀의 등을 쓰다듬으며 가끔 먹이를 던져주시는 교수님, 늙도록 기다리면, 그럼 좀 덜 먹겠지 뱀은 허물을 벗고 며칠간 움직이지 않았다 며칠째 눈을 뜨고 저를 보고 있어요 더 이상 학비를 부치기도 힘들단다 고향에서 전화가 올 때마

다 손가락을 하나씩 잘라 뱀에게 던져주었다 교수님, 시장에서 뱀의 먹이를 몇 마리를 사왔어요

비늘이 허물어지듯 달력들이 떨어지고, 더 이상 뱀이 갈색에서 색깔을 바꾸지 못할 때, 책상이 치워진 실험실에서 나는 거대한 뱀을 목에 감고 한숨을 쉬었다 더 이상 뱉어낼 연구비도 없네, 자네는 먹이를 너무 많이 먹는군 햇볕을 받으러 나온 노인들이 고향의 골목에서 꿈틀거리고, 나는 밤중에 아무도 몰래 집으로 돌아왔다 울지 마라 얘야, 여전히 너는 그대로구나 이불에서 기어 나온 어머니가 냄비에 물을 올렸다 공기방울이 수면에서 동공처럼 터졌다 제가 죽으면 온몸으로 엄마를 뱉어낼 거예요 괜찮다 얘야, 라면이라도 먹어야지 사람은 누구나 자신의 허물을 먹으며 죽어간단다 방바닥에 배를 깔고 다시 이

불 속으로 기어 들어가는 어머니

3

내 등에 업혀 있던 뱀이 라면 냄새를 맡으며 눈을 뜬다

허물을 벗으며

시커멓게 늙은 어머니를 향해 혓바닥을 날름거리기 시작한다

얘야, 라면이라도 먹어야지, 라면이라도……

붉은 돌

금강 여울목에서 돌 하나를 가방에 넣고
어둠 속을 걸어오는 길이었다
인간의 마음속엔 붉은 돌이 하나 있다

언젠가 들었던 말 같은데 머릿속을 맴돌 뿐
우두미라는 마을 주막에 앉아 막걸리 잔을 들고
노인이 담뱃대에 불을 붙이는 모습을 보니 떠올랐다
감기에 걸려 열이 날 때 이마를 만지며
할아버지가 말씀하신 이야기
태어날 때 그 돌은 인간의 마음속에 박혀 있다고
살아가며 점점 돌이 흙 속에 묻힌다고
담뱃대에 불을 붙이며 할아버지는 얘기했다

몇 년 후 내가 객지를 떠돌 때

위독하다고 전화가 와서 고향으로 내려가는
버스 안에서 임종 소식을 들었다
목숨이 위태로울 때마다 돌은 빛을 발한다는데
인간은 죽어갈 때 그 돌이 맹렬히 타오른다는데
임종을 보지 못해 돌이 타올랐는지 몰랐지만
아버지가 암으로 병원에 입원했을 때
식구들이 울고 어머니가 알 수 없는 열을 낼 때
난 누군가의 돌이 타오르고 있다는 것을 알았다

타인과 싸울 때 자기 안의 불씨가 꺼져갈 때
맹렬히 타오르는 불꽃
타올라 재가 되면 인간은 죽는다는데
마을을 떠날 때 나는 가방 속의 돌이 궁금해
말 붙이는 촌부들에게 자랑도 할 겸

흔들리는 시내버스 안에서 가방을 열어 보였다

자기들끼리 껄껄거리며 한 노인이 말했다

그깟 돌덩이가 뭐 대수래유, 여기

취해 벌게진 아자씨 얼굴도 하나 있네유

누구나 두 가지 중 하나를 선택한다

나는 가난한 부모 밑에서 자랐고 특별한 재주가 없었다

사람들은 나에게 너부터 먹고살아야 한다고 말했다 그

러나 그해

굶주려 날아온 겨울새들을 나는 잡지 못했다

무심히 뛰어놀다 학교를 졸업했고

직장에서 출퇴근을 반복하며 살아갔다

동료들은 악착같이 돈을 모아야 한다고 말했지만 가끔

술자리에서 고향 친구에게 받지 못할 돈을 빌려주었다

나의 세월은 부유한 자들 쪽으로 흘러들어

직장을 잃고 누구에게도 연락하지 못했을 때

가끔 만나는 친구에게

구걸하는 목소리로 들리지 않기 위해 먼저 술값을 내려

고 할 때

　목소리는 기운을 잃고

　눈길은 발자국을 찍으며 바닥으로 떨어졌다

　사람들이 싫어져 나 자신을 유폐시킬 때

　나는 웃고 있었지만 자신이 두려워졌다

　당당하고 싶었지만, 나는 두려움에 떨었고 점점

　누군가의 빵조각을 뺏고 싶어 사방을 둘러보게 되었다

　굶주린 새들을 잡고 동료들을 밀고하고

　남을 짓밟지 않은 탓에 나는 말끝이 흐려지고

　내가 나약하고 독하지도 강하지도 않다는 것을 알게 되

었다

　그러나 밤길을 걷다 놀란 새처럼 두리번거렸으므로

나의 없는 재능을 원망하며

두려움 쪽으로 몸이 기울었으므로

추위 속에서 떨고 있는 나를 향해 새들은 노래했고 친
구들은 나에게 충고했고

가족들은 돌아오지 않는 나를 기다린 것이다

아버지가 남긴 약을 먹으며

간암으로 병원에 다니시는 아버지

아침저녁 봉지를 뜯어 약을 드신다

마저 먹지 못한 약을

나 먹으라고

봉지에 주섬주섬 챙겨 주신다

서울로 올라와 바로 잠들고

아침부터 여기저기 전화하고

죄송하다고 사과하고

퇴근하고 돌아와 약봉지를 본다

깜빡 약 먹는 것을 잊어버리고

자주 잠드신다는 아버지

건강에 좋은 거라고

이거 먹으면 술 먹어도 일찍 깬다고

나한테 주던 약봉지

허공으로 바람이 흘러가는 소리

나뭇잎 떨어지는 소리

어릴 때 들리지 않던 소리

이제 조금씩 들리기 시작한다

하루 전날

짐을 나르는 그의 뒤에

죽은 사람이 서서 지켜보고 있습니다

지독하게 지쳐 쓰러졌을 때

그는 슬픔을 느꼈을까요

잠들기 직전 펜을 잡고 써봅니다

내가 바라는 게 무엇이었는지

슬픔을 느낄 겨를도 없이 쓰러져 잠에 빠진 날

죽은 사람이 나를 보고 서 있습니다

잠 속에서

나는 느낄 수 있습니다

다음 날, 아니면 그다음 날

그만두어야 함을 알지만

어느 날 잠에서 깨어나,

마지막이라 생각하고 한 줄 써봅니다

아무리 고통을 당해도

마음은 단련되지 않습니다

죽은 사람이 내 이마를 쓸어주고 있습니다

시인노트

얼음배

어릴 적 저는 강가에 나가 얼음을 자른 적이 있습니다. 도끼로, 커다란 돌멩이로 얼음을 깨고 사각형의 커다란 얼음 위로 올라갔습니다. 장대로 바닥을 밀어 얼음을 타고 강 건너를 다녀온 적이 있습니다. 그 얼음을 타고 강을 건너면 차갑고 투명한 강물이 있고 강 밑바닥에는 겨울 조개들이 껍질을 단단히 닫고 있었습니다. 얼음이 녹을 것이 두려워 서둘러 장대를 밀었고 그 물결에 얼음은 점점 녹아내렸습니다. 그리고 저는 강 한가운데에서 약해진 얼음이 갈라지며 물에 빠지기가 일쑤였습니다. 어머니에게 젖은 옷을 들킬까 강변에 불을 놓고 말리곤 하였습니다. 그러다가 옷을 태워먹거나 눈썹을 태워먹었습니다.

얼음배에 나뭇짐을 싣고 강을 건너오기도 하였습니다.

내 어릴 적 이야기를 하면 사람들은 나이에 비해 너무 옛날이야기 같아 잘 믿지 않지만 그만큼 마을은 시골이었고 가난했습니다. 산에 널린 땔감을 두고 연탄을 사는 일이란 낭비였고 연탄을 살 돈도 없었습니다. 마을 아저씨들은 겨울이면 술에 취해 대낮부터 눈이 쌓인 길을 비틀거리며 걸어갔습니다. 읍내에 장이 열리는 날이면 낮부터 취해 우리 마을에 와서 또 한잔을 걸치고 다시 더 깊은 골짜기로 걸어가던 사람들, 그러다 논두렁에 누워 자다 다음날 아침에 발견된 사람도 있었습니다. 운이 좋은 사람은 살았고 어떤 사람은 눈밭 속에서 아름답게 죽었습니다.

땡볕 속에서 마당을 뒹굴다 죽은 사람도 있었고 발을 잘못 디뎌 홍수에 아주 빠르게 떠내려가 죽은 사람들도 있었습니다. 농약을 먹고 마당에서 죽은 여자는 인생에 잘못 발을 디뎌 세월에 떠내려간 것입니다. 남편의 술타령에 지쳐 자기도 술을 먹고 죽겠다고 화가 북받쳐 죽은, 여자 남자의 성을 가진 사람이 아니라 한 인간으로 격렬하게 살다 죽은 인생은 아름답게 보였습니다. 죽음 앞에 어떻게 선악이 있고 윤리가 있고 도덕적 잣대가 필요할까요. 그 사람들의 하루하루는 격렬했고 모든 사람들과 싸우며 파도를 일으켰습니다. 그들은 파도를 만들고 그 파도에 떠내려 갔고 벼랑을 만들고 절대적 감정을 만들어 떨어지고 빠진 것인지도 모릅니다.

그런 마을에서 세상의 변혁에 대해 눈 뜨고 자랐지만 이제 날은 무디어지고 때 묻어 점점 사는 것이 허무하다는 생각이 듭니다.

언제 녹을지 모르는 얼음배. 그 배를 타고 노을 저어가는 일은 늘 불안을 내장하고 있습니다. 내가 배를 탄 이유, 언제 녹을지 모르는 배를 타고 놀이를 하는 이유, 그 놀이가 일부분의 생명을 걸고 하는 놀이라면, 그래서 놀이가 더욱 흥미롭다면, 불안이 우리를 더욱 행복하게 만들어준다면, 우리는 언제쯤 이 놀이를 끝낼 수 있을까요.

격랑 속을 살다가 죽은 할머니가 있었고, 격랑 속에 떠내려가 죽은 외할머니가 있었고, 격랑 속에서 허우적거리며 떠내려 온 아버지가 있었고, 격랑 속에서 허우적거리며 물가로 기어오른 어머니가 있었고, 물가에서 홍수를 보며 떼로 몰려다닌 형제들이 있었습니다. 이 모든 것을 목격하며 머뭇거리는 사람이 있습니다. 그 머뭇거림을 후회하며 중얼거리는 사람이 있습니다. 그 중얼거림에 죄책감을 느끼며 우는 사람이 있습니다.

우는 자는 속되게 세상을 살아갈 뿐 아무도 원망하지 않습니다. 그러나 오직 단 한 사람을 원망합니다. 머뭇거리며 중얼거린 단 한 사람. 죄지으며, 죄지으며 살아가며 구걸하며 살아가는 사람. 그는 왜 머뭇거리며 중얼거렸을까요. 그리고 그것을 왜 종이에 구걸하듯 기록했을까. 아주 추운 날 눈보라 속으로 사라져간 사람이 떠오릅니다. 술에 취해 욕을 먹던 사내들의 걸음걸이가 떠오릅니다. 눈보라가 그를 불러 눈보라의 품에 안긴 채 잠든 사람의 평온한 얼굴이 떠오릅니다.

시인
에세이

POET

강을 건넌 사람과 남은 사람

제가 태어난 곳은 충북 옥천의 시골 마을입니다. 우리
집 앞으로는 금강이 흐르고 있습니다. 저는 여름이면 종
일 강에서 수영을 하거나 물고기를 잡기도 했고 때론 올
갱이를 잡다 저녁이면 집으로 돌아가곤 했습니다. 해 질
녘이면 강물 위로 노을이 지고 어떨 때는 밤늦게 강에 나
가 물고기를 잡기도 했습니다.

저의 세대와는 다르게 형제가 여섯이었고 집에 할머니
를 모시고 살았습니다. 어머니는 제가 초등학교에 입학
하기도 전에 휴게소 식당에 취직하셨고 그 때문에 저는
어머니를 찾아 저녁마다 휴게소 근처로 걸어갔습니다.
어쩔 땐 동생과 같이 가고 어쩔 땐 누나와 함께 갔습니다.
어머니를 조금이라도 일찍 보고 싶어 마을 길을 걸어가
면 어둠 속에서 무엇인가 튀어나올까 무서웠습니다.

마을 아이들과 놀다 집에 늦게 들어갈 때도 있었습니다. 그럴 때면 어머니는 마을 입구에서 강 쪽을 향해 제 이름을 부르며 얼른 들어와 밥 먹으라고 소리를 쳤습니다. 그러면 저는 크게 소리치며 바로 들어가겠다고 말했습니다.

가난했던 저희 집에서 어머니가 휴게소 식당에 다니는 일이 가정의 가장 큰 수입이었습니다. 아버지가 짓는 산골짜기의 밭농사는 거의 생계를 이어주는 자급자족의 방식이었습니다.

저는 중학교에 진학하며 어머니가 건넌 다리를 건너 아침마다 버스정류장으로 갔습니다. 한 학년에 20여 명이 다니던 초등학교에서 읍내의 커다란 중학교에 입학하는 것은 제가 경험한 최초의 도시 생활이었습니다. 산골 마을에서 살다 소읍의 중학교로 간다는 것은 너무나 두려운 일이었습니다.

어머니는 생활력이 강했고 아버지는 마음이 약한 분이었습니다. 아버지는 초등학교까지만 졸업하신 분이었지만 공부하기를 좋아했고 매일 다니는 산골짜기에서 농사일이라는 육체노동은 너무 힘든 일이었습니다. 자주 술에 취하셨고 자신의 삶을 비관하며 사셨습니다.

사춘기가 되면서 저는 집안의 슬픔에 대해 알게 되었습니다.

할아버지는 같은 마을에서 집 하나를 건너 두 집 살림을 했습니다. 가난했던 농촌에서 그 이유는 알 수 없었지만, 할아버지는 점잖은 분이셨고 평생 농사일을 하며 쉴 새 없이 일한 분이었습니다. 할머니는 그런 할아버지가 싫었을 것이고, 아버지는 할머니를 모시고 살면서 배다른 형제들과 한동네에서 사는 게 큰 스트레스였을 것입니다.

제가 초등학교에 들어간 해 한여름에 할머니가 돌아가셨습니다. 할머니는 여든이 넘으신 나이에 돌아가셨는데 평생 일만 하셨고 고깃국 한 번 쌀밥 한 그릇 한 번 제대로 못 드시고 돌아가셨습니다. 할머니는 평소에 자주 죽겠다는 말을 했는데 결국 집에 있던 농약을 찾아서 입에 들이붓고 얼마 안 되어 돌아가셨습니다. 제가 걱정했던 일이 일어나고 만 것입니다.

너무 가난해서 우리 집은 보리밥을 먹고 겨울이면 수숫대를 엮어 방 윗목에 커다란 창고 같은 것을 만들어 고구마를 가득 쌓아두었습니다. 매일 한 끼는 고구마를 먹었고 겨울에 가득 쌓여 있고 고구마가 봄이 오면 점점 높이가 낮아졌습니다. 어머니는 그것을 '고구마 통가리'라고 불렀습니다. '고구마 통가리'가 텅 비게 되면 봄 햇살이 따뜻해졌습니다.

저의 또래들은 경험하기 힘든 시골 생활과 가난함 속에서 시의 씨앗은 천천히 자라기 시작했습니다.

엄마는 외동딸이었는데 외할머니가 가끔 우리 집에 오셨습니다. 하나밖에 없는 딸이 보고 싶어 기차를 타고 산을 넘어 시골길을 한참이나 걸어서 찾아오는 것이었습니다. 외할머니는 가끔 저에게 형이 안 죽었으면 좋았을걸, 이런 말을 하셨습니다. 그 이야기를 듣고 저는 어렴풋이 형이 있다는 것을 알았습니다.

고등학교 시절 어느 날 어머니가 아버지랑 다투다 왜 지갑에 아직도 그 사진을 넣어 다니냐고 큰 소리로 얘기하며 우신 적이 있습니다. 빨래하려고 아버지 옷의 주머니를 뒤지다 지갑 속에서 죽은 형의 어린 시절 사진을 발견한 것이었습니다. 어머니는 우시며 그 사진을 찢어 쓰레기통에 버렸습니다. 아버지는 아무 말도 하지 않고 어머니가 찢는 사진을 바라보셨습니다.

초등학교 들어간 형이 강에서 아이들과 놀다 익사했다는 이야기를 들었습니다. 누구에게 들었는지 잘 기억이 나지 않지만, 그것이 우리 가족을 힘들게 했던 가장 큰 원인 중의 하나인 것 같습니다. 그런 큰 사건이 있었고 아버지는 하루도 쉬지 않고 술을 드셨다고 합니다. 거의 정신이 나간 채로 몇 년을 살았다고 합니다. 너무 술을 많이 드셔서 아무것도 기억하지 못하는 상태가 되기도 했고 어머니는 그런 아버지를 병원과 한의원으로 데려가 침을 맞혀가며 돌보셨습니다. 나중에 정상적인 생활을 할 수 있게 되었지만, 아버지의 삶에는 늘 그늘이 드리워져 있었습니다.

시간이 흘러 형제들이 또 태어났고 제가 어른이 된 뒤에도 밭에 일하러 가려면 늘 초등학교 앞길을 지나가야 했습니다. 밭에서 일하다가도 학교 종소리가 밭까지 들려왔습니다. 하루도 생각하지 않은 날이 없었고 잊으려해도 학교 풍경과 학교 종소리는 늘 죽은 아들의 기억을 되살렸습니다. 죽은 아들이 다닌 학교를 날마다 봐야 하는 고통을 누가 알 수 있을까요. 어린 시절에는 몰랐지만 그것이 얼마나 힘든 일인지 이제야 좀 알 것도 같습니다.

제가 초등학교 졸업할 즈음 누나들은 부산의 산업체로 떠났습니다. 중학교 졸업식날 신발공장의 버스가 와서 졸업한 아이 중 몇 명을 실어갔다고 합니다. 중학교를 갓 졸업한 누나가 공장에서 당한 폭력과 고통은 나이가 들어 영화나 그 시절의 자료를 통해 짐작할 수 있었습니다.

여섯 형제 중 저는 다섯째였는데 아래로 남동생이 하나 있었습니다. 성장하며 자연스럽게 집에서는 저에게 많은 관심을 가졌고 저는 그런 책임감을 느끼는 동시에 시를 쓰고 싶었습니다. 시를 쓰는 일과 집에서 거는 기대는 정반대의 상황을 만들리라는 것을 어린 시절부터 알고 있었습니다.

고등학교 때부터 문학에 탐닉하며 글을 쓰기 시작했고 가족의 상황에 대한 불만과 세상에 대한 울분, 나 자신의 무력함이 시로 쓰였습니다. 또한, 많은 기대를 걸고 있는 가족에 대한 미안함이 저 자신을 자책하게 만들었습니다. 그러나 시를 쓰지 않을 수가 없었습니다. 시를 쓰지 않았다면 저 또한 알 수 없는 존재를 원망하며 정상적인 삶을 살지 못했을 것 같습니다.

시를 쓴다는 것은 무엇일까요. 시를 써서 유명한 시인이 되고 작가로서의 명성을 떨치는 것이 중요할까요. 물론 예술가는 어떤 방면에서든 위대한 예술을 생산해내려 할 것입니다. 뛰어난 작품을 만들지 못할 때 매 순간 고통스러울 것입니다.

그러나 이제 어떤 부귀와 영광을 얻지 못할지라도 쓰는 그 자체의 행위가 중요하다는 생각이 듭니다. 자신의 고통을 녹여 종이 위에 그림을 그리는 것, 그것이 자신에 대한 원망이든 사랑과 이해이든, 그것이 시의 근본이고 그 근본 속에서 시의 씨앗은 언제나 작은 싹을 틔울 준비를 하고 있지 않을까요.

해설

반지하의 자세

박동억(문학 평론가)

어디서부터 그의 이야기는 시작하는가. 이것은 그의 시가 전하는 아픔의 기원을 살피기 위해서, 아니 감당하기 어려운 그의 아픔에 거리를 두기 위해서 택한 하나의 질문이다. 대부분의 이야기가 그러하듯, '이야기'라는 단어는 삶은 선택의 연속이며 미래를 향한 전진이라는 순진한 착각을 우리에게 불러일으킨다. 한편 모험이라는 오래된 서사가 출퇴근이라는 새로운 서사로 교체된 시대를 살고 있음에도, 여전히 수많은 대중매체는 모든 이야기의 끝에 '모험하듯' 직장을 견딘 이후 '퇴근하듯' 집으로 돌아오는 순간을 놓아두곤 한다. 선택의 시련을 견딘 이후 가족의 품으로 돌아오는 것, 마침내 가족과 포옹하는 것이야말로 이 시대가 요구하는 매끈한 결말이다.

그러나 애초에 선택지가 없는 삶이 있다. 되돌아가는

것이 패배가 되는 삶이 있다. 반지하 단칸방에 웅크린 일 가족처럼, 구제역에 걸려서 매몰된 돼지처럼, 끈질기게 기어오르는 것이 전부인 삶, 그래서 자신의 터전을 등지는 것이 유일한 방편인 삶이 있다. 시집 『천국은 언제쯤 망가진 자들을 수거해가나』(창비, 2013)에서 시인은 삶을 전진과 추락이라는 두 가지 기로로만 받아들일 수밖에 없는 존재들을 그렸다. 발 디딜 터전이 없는 존재는 다만 매달리거나 매몰될 뿐이다. 그러한 의미로 시인은 『천국은 언제쯤 망가진 자들을 수거해가나』에서 "땅속으로 파고들어간 방 한 칸"을 "통증의 왕국"이라고 불렀다.

우리는 무덤의 높이에 거주하는 사람들이 있다는 사실을 잊고 있다. 김성규 시인은 그렇게 말하는 듯하다. 여기서 누군가는 반지하 단칸방의 모티프를 세계적으로 널리 알린 봉준호 감독의 영화 〈기생충〉(2019)을 떠올릴지도 모른다. 봉준호 감독은 반지하 단칸방을 정원이 딸린 호화저택과 대조하며 빈부격차의 알레고리로 활용했다. 반지하의 가족은 철저히 자신의 정체를 숨기고 날조함으로써, 요컨대 '자신을 등짐으로써' 부유한 저택의 일원이 될 수 있었다. 아마도 〈기생충〉이 대중영화로 남을 수 있었던 이유는 그러한 자기 폐기를 우스꽝스럽게 처리했기 때문일 것이다.

한편 김성규 시인은 더욱 내밀하고 여실한 목소리로 증언한다. 평범한 사람이 자신을 바로 세우는 것만으로 충분하다고 느낄 때, 반지하의 인간은 자신을 폐기하는 고통 이후에만 비로소 지상의 빛을 볼 수 있다. 그가 "형편 없는 가격으로 심장을 팔아버리고/ 술집 구석에 앉아 노래하는 심장을 떠올리네"(「우는 심장」, 『천국은 언제쯤 망가진 자들을 수거해가나』, 창비, 2013.)라고 썼던 이유는 그 때문이다. 가난한 인간은 자신을 헐값에 팔아버릴 때 비로소 평범한 개인이 된다. 노래는 상실한 자아에 대한 향수에 지나지 않는다. 바로 여기서 우리는 반지하 인간의 실존적 고통이 가난보다 자기부정에서 비롯한다는 생각을 얻게 된다. 태연함을 가장할 수밖에 없는 삶, 가난한 집안을 등지고 자기 자신마저 등지며 이내 슬프게 이어나갈 수밖에 없는 것이 삶이라면, 우리는 그러한 삶에 대한 기록을 증언이라기보다 침묵이라고 읽어야 할 것이다.

새 시집에 수록된 스무 편의 시에서 우리가 가늠해야 할 것은 말의 무게보다 말 이면에 감춰진 침묵의 무게다.

이를테면 「첫눈」에서 그는 "어머니 품에서 멀어지면/ 생일이 없다고/ 몇 번의 즐거운 생일이/ 살아가는 데 독이 된다고" 말한다. 그저 작품을 따라 읽는다면, 이 시는 어머니 품에 대한 그리움을 전하는 듯하다. 어머니 품을 벗어나 느끼는 행복은 덧없는 것에 지나지 않는다. 그런데 반지하의 절망을 떠올려본다면 우리는 이 작품에서 어머니의 품을 순진하게 그리운 공간이라고만 말해서는 안 된다. 어머니의 품은 고통스럽게 분리된 장소인 동시에 가난을 피하려면 돌아가서는 안 되는 장소이기 때문이다. 이러한 절망에 비출 때만 비로소 "가족들은 돌아오지 않는 나를 기다린 것이다"(「누구나 두 가지 중 하나를 선택한다」)라는 시구의 무게를 조금이나마 유추할 수 있다. 가난과 굶주림을 벗어나기 위해서 그는 무엇을 등져야 했는가. 반대로 돌아오지 않는 그를 반지하에서 기다리는 가족의 마음이란 무엇인가.

　가난한 자에게 삶은 헐값에 자기를 파는 것, 요컨대 매혈이고 매문이다. 시 「사랑」에서 말하듯 자신을 사랑할 여유조차 없는 자는 차라리 사랑이 싹트기 전 "자신이 띄운 불꽃/ 스스로/ 눌러 끄는 일"이 편할지도 모른다. 그러한 의미에서 시인이 매번 죽음을 응시하는 것, 삶의 출구를 응시하는 것은 놀라운 일이 아니다. 여기서 '죽음'이라는 단어는 차라리 초월로 읽히는 편이 낫다. 왜냐하면 "오직 뒹굴고 더럽혀져 구걸해야 할 시간이 남았음을 알고 있기에"(「어금니를 뺀 날의 저녁」)라는 문장처럼 어떤 선택지도 없는 인간이 있을 때, 그에게 죽음은 새로운 선택지를 창조하는 부정신학적 상상력이기 때문이다.

그런데 이전 시집에서 시인이 줄곧 죽음충동을 노래했다면, 이 시집에서는 그러한 죽음충동을 전하고 전해 받는 관계가 강조된다. 「명절」과 「세월」에서는 오랜 시간 지긋이 차례를 지내는 부부의 모습이 묘사된다. 「자살충」에서는 벌레로 활유된 죽음충동이 타인에게 건네진다. 그것은 시인이 자신의 절망에서 타인의 절망을 향해 눈 돌리기 시작했다는 사실을 암시하는 것처럼 보인다. 다시 말해서 무게중심이 자기 존재에 대한 애도에서 타인에 대한 애도로 전환된 것이다. 그 마음의 기원은 결국 어머니일 것이다. "눈 감으면 숨쉬기 힘들어/ 어머니도 나처럼 전화했을까"(「울고 싶을 때마다」)라는 문장을 읽을 때, 우리는 차마 자식에게 자신의 고통을 짐으로 떠맡기는 대신 침묵하는 부모의 목소리를 듣게 된다. 그리고 자식 또한 그 마음을 닮아있음을 확인한다. 다만 서로 안부를 물으며 그 목소리 이면의 신음을 삼키는 동시에 안부를 전하는 목소리의 온기에 매달릴 수밖에 없는, 그렇게 멀리서 부둥켜안을 수밖에 없는 가족의 모습이 있다.

"나는 살고 싶다 그런데 왜 너희들은 나를 알아보지 못하는 거니"(「올빼미」). 아마도 이 반문이야말로 시인을 시 쓰기로 '몰아세우는' 근원적 상실을 가리키지 않을까. 어떤 인간은 자기 자신을 폐기함으로써만 자기가 된다는 역설을 이해할 때, 비로소 '왜 너희들은 나를 알아보지 못하는 거니'라는 반문 또한 이해할 수 있다. 종종 우리는 스스로 바라지 않는 행동을 해야 하는 순간을 겪는다. 때로 그것을 일탈로써 즐기기도 한다. 그러나 일생을 가장한 채 살아야 한다면 삶은 고통일 수밖에 없다. 시 쓰기는 배반한 삶에 대한 위안이다. "매끄러운 허리로 원고지 위를 기어와/ 몽정하듯 나는 울기 시작한다"(「뱀을 껴안고 울다」)라는 문장처럼, 시인의 존재는 '뱀'에 의해서 대신 기록되고, 남겨진 허물처럼 '나'는 배설할 뿐이다.

진정한 '나'와 자아가 어긋나 있다는 사실, 바로 이 어굿남 때문에 자아의 외부에서 자아의 상징물이 나타나야만 한다. 시 「자살충」을 다시 떠올려보자. 왜 그는 죽음충동을 벌레로 은유한 것일까. 일견 그것은 '자살충동'을 연상시키는 '자살충'에 대한 언어유희에 불과한 것처럼 보인다. 인간의 살을 파먹는 자살충은 인간을 괴롭히는 자살충동을 비유하는 것처럼 보인다. 그러나 그것만은 아니다. 시 「뱀을 껴안고 울다」에서 그는 뱀을 '껴안는다'라고 말할 때 그것은 자신의 고독을 홀로 감당할 수 없기 때문이다. 마찬가지로 「자살충」에서 인간의 살 속으로 파고드는 벌레를 상상할 때 그는 벌레와 함께 거주하는 자기 존재를 상상하고 있던 셈이다.

'나'는 홀로 감당하기에 너무나도 넓다. 쓸쓸함과 침묵으로 가득한 자기 존재 안에서 저 벌레와 함께 거주하고 싶다. 이러한 상상을 통해 고독은 살 속을 파고드는 통증으로 번역된다. 실상 시인은 모든 인간이 그렇게 고독을 견디며 살아가고 있다고 말한다. "눈을 감고 귀를 막으며 사람들이 사방을 둘러보았다 모두들 비에 젖은 얼굴로 서로를 바라보고 있었다"(「얼굴」)라는 시구처럼 인간은 각자의 젖은 얼굴을 소유하고 있다고 말이다. 내 것으로 번

역되지 않는 당신의 고독이 있다. 그렇게 생각할 때 비로소 "이제 조금씩 들리기 시작한다"(「아버지가 남긴 약을 먹으며」)라고 말할 수 있다. 당신의 아픈 침묵이 거기 있었다고, 당신이 견뎠던 만큼 나 또한 견디리라고, 이제는 "죽은 사람이 내 이마를 쓸어주고 있습니다"(「하루 전날」)라고 말할 수 있다.

텅 빈 약봉지처럼, 닿을 수 없는 죽은 이의 손짓처럼, 인간의 침묵은 은은한 고독과 비명과 신음이 새어 나오는 자리다. 젖은 얼굴 뒤에 침묵이 있다. 때로 그 침묵은 각자의 마음속에 유일무이한 것, 시 「붉은 돌」에 제시된 상징처럼 "목숨이 위태로울 때마다" 맹렬히 타오르는 불씨를 감추고 있을지도 모른다. 하지만 같은 작품의 마지막 연에서 "그깟 돌덩이가 뭐 대수래유"라고 말할 수 있는 소탈한 여유 또한 우리는 발견하게 된다. 인간에 대한 너그러움 때문에 김성규 시인의 시는 무너지지 않는다. 남들만큼 독해지지도 강해지지도 못한 채 자신을 속이며 살 수밖에 없는 나약한 인간이라고 고백하면서도 무너진 삶이 무엇인지 알기 때문에 시인은 타인의 실패를 소홀히 대하지 않는다. 그는 반지하의 그늘이 무엇인지 알기 때문에 무너지는 것들을 우러러볼 수 있다. 그곳에 해볼 테면 해보라고 응전하는 바닥처럼, 낮고 깊게 서는 자세가 있다.

김성규에
대해

김성규 시인의 시를 읽으며 느끼는 내 첫인상은 잔인하고 살벌한 세상 속에서 우리들의 상처난 모습이다. 때로는 충격적이기도 하고 눈알을 파내지 않으면 살 수 없는 엽기적인 삶이기도 한, 지뢰밭 한 가운데를 걸어가는 당신과 나이기도 한, 수박 한 덩이를 배에 끌어 앉고 그만 한 아기를 잉태한 임산부가 언덕의 집으로 가다 그 수박을 떨어뜨리는 슬픈 우리들의 자화상이 있었다.

강우식, 제4회 김구용시문학상 심사평

김성규 시인은 자신이 체험하는 세계에서 납득되지 않는 기제와 미지의 영역을 알레고리의 방식으로 끌어들인다. (...) 이런 알레고리적인 발상이 언제나 성공적인 것은 아니라고 해도 그의 시의 중심축인 전통적 서정의 세계, 가난과 재난의 신산함이나 가족과 고향에 대한 애틋함의 세계 너머를 형상화하는 중요한 역할을 수행한다.

한기욱, 창작과비평 2014년 가을호

K-포엣
자살충

2021년 5월 31일 초판 1쇄 발행

지은이 김성규
펴낸이 김재범
펴낸곳 (주)아시아
출판등록 2006년 1월 27일 제406-2006-000004호
주소 경기도 파주시 회동길 445
전화 031.955.7958
팩스 031.955.7956
전자우편 bookasia@hanmail.net
홈페이지 www.bookasia.org
ISBN 979-11-5662-317-5 (set) | 979-11-5662-543-8 (04810)

바이링궐 에디션 한국 대표 소설 set 1

바이링궐 에디션 한국 대표 소설 set 2

K-픽션 한국 젊은 소설

최근에 발표된 단편소설 중 가장 우수하고 흥미로운 작품을 엄선하여 출간하는 〈K-픽션〉은 한국문학의 생생한 현장을 국내외 독자들과 실시간으로 공유하고자 기획되었습니다. 원작의 재미와 품격을 최대한 살린 〈K-픽션〉 시리즈는 매 계절마다 새로운 작품을 선보입니다.